Analyse de l'œuvre

Par Delphine Leloup et Célia Ramain

Vipère au poing

d'Hervé Bazin

lePetitLittéraire.fr

Rendez-vous sur lepetitlitteraire.fr et découvrez :

Plus de 1200 analyses
Claires et synthétiques
Téléchargeables en 30 secondes
À imprimer chez soi

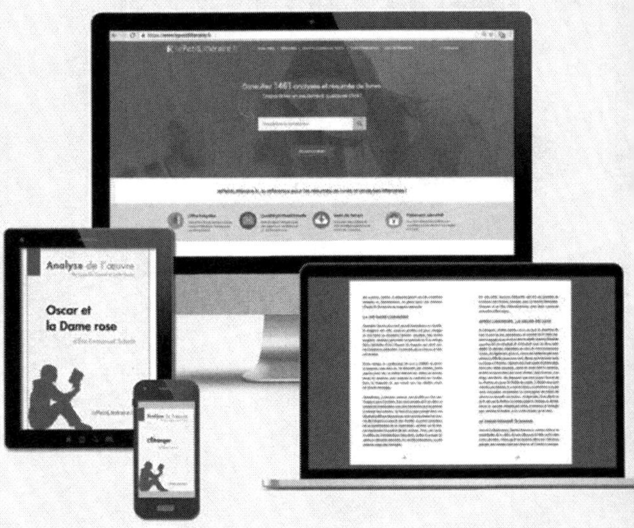

HERVÉ BAZIN   1

VIPÈRE AU POING   2

RÉSUMÉ   3

Un exploit incompris
L'arrivée de Folcoche
La fugue

ÉTUDE DES PERSONNAGES   8

Jean
Paule
Jacques
Ferdinand
Marcel

CLÉS DE LECTURE   14

Un récit initiatique
Un roman autobiographique
L'inspiration réaliste du roman
Un récit d'une mordante ironie

PISTES DE RÉFLEXION   27

POUR ALLER PLUS LOIN   30

HERVÉ BAZIN

ÉCRIVAIN FRANÇAIS

- **Né en 1911 à Angers (Maine-et-Loire)**
- **Décédé en 1996 dans la même ville**
- **Quelques-unes de ses œuvres :**
    - *Vipère au poing* (1948), roman autobiographique
    - *La Mort du petit cheval* (1950), roman autobiographique
    - *Le Neuvième Jour* (1994), roman

Hervé Bazin nait à Angers en 1911 et grandit dans une famille bourgeoise de propriétaires terriens. Il reçoit une éducation stricte et pieuse, carcan duquel il tente de se libérer en se rebellant contre sa parenté, qu'il juge tyrannique.

Il choisit très tôt de devenir écrivain. Après la rédaction de revues littéraires (*La Coquille*, 1946) et de recueils poétiques (*Jour*, 1947) délaissés par le lectorat, il rédige *Vipère au poing* en 1948. Ce roman soulève tant l'admiration que l'indignation et contribue à l'élection de Bazin comme membre de l'académie Goncourt (1958). C'est avec ironie et mordant qu'il y traite des valeurs familiales, de la crise identitaire ou encore de la nature. Bazin décède en 1996, à l'âge de 84 ans.

VIPÈRE AU POING

ITINÉRAIRE D'UN ENFANT BOURGEOIS RÉVOLTÉ

- **Genre :** roman autobiographique
- **Édition de référence :** *Vipère au poing*, Paris, Grasset, coll. « Le Livre de Poche », 1966, 224 p.
- **1re édition :** 1948
- **Thématiques :** famille, bourgeoisie, mère, révolte, haine, enfance

Publié en 1948, *Vipère au poing* suscita de vives réactions auprès du grand public, qui y vit une satire de la condition bourgeoise, des valeurs familiales et de la religion. Ce livre raconte les aventures d'un garçonnet, Jean (dit Brasse-Bouillon), et surtout son insoumission à sa mère, Paule Rezeau (née Pluvignec), une femme sèche et dure.

Cette œuvre, clairement inspirée de la vie de son auteur, est le premier volet de la trilogie autobiographique d'Hervé Bazin – suivent *La Mort du petit cheval* (1950) puis *Cri de la chouette* (1972). La langue très orale du livre, ainsi que sa narration à la première personne, aident le lecteur à pénétrer dans l'univers fascinant de La Belle Angerie et de ses habitants.

UN EXPLOIT INCOMPRIS

Jean Rezeau (dit Brasse-Bouillon), aujourd'hui adulte, se souvient d'un exploit de son enfance à La Belle Angerie, manoir situé en Anjou et appartenant à la famille Rezeau : un été, il a tué une vipère à mains nues. Mais cette victoire a été contrariée, sa performance herculéenne ayant été éclipsée par le dégout qu'une telle scène a inspiré à sa famille.

Jean nous décrit La Belle Angerie, maison spacieuse, mais sans confort superflu. Alors qu'il retrace la généalogie des Rezeau, il avoue qu'il connaissait alors peu ses parents et son frère cadet, Marcel (dit Cropette), installés en Chine, tandis que lui vivait en France avec son frère ainé et leur grand-mère. Il présente ses proches par leur prénom ou leur sobriquet, décrit leurs caractères et leurs physiques. Il évoque ensuite des souvenirs de jeunesse et revient sur l'épisode, encore douloureux pour lui, de la mort de sa grand-mère, Marie.

La suite du livre nous conte le retour des parents, Paule et Jacques Rezeau, suite à ce décès, et surtout la révolte menée par Jean et ses frères à l'encontre d'une mère tyrannique. Toutefois, au terme de son récit, Jean reconnaitra que celle-ci l'a aidé à se construire : désormais, il est rompu aux mesquineries, finalement détaché du monde et blasé de tout.

L'ARRIVÉE DE FOLCOCHE

Après la mort de leur grand-mère, Jean et Ferdinand, son frère ainé (dit Frédie ou Chiffe), logent un temps seuls au domaine avec le personnel. Huit mois plus tard, ils subissent des retrouvailles peu chaleureuses avec leurs parents. En parallèle, Jean nous parle de Fine (Alphonsine), la domestique, et évoque les « serfs », trois familles du hameau.

Dès son retour, Paule Rezeau engage un abbé pour parfaire l'éducation de ses fils. C'est avec tristesse que les garçons apprennent que le programme de leurs journées sera dorénavant révisé, et qu'ils seront privés des quelques derniers plaisirs qu'il leur restait. Après le renvoi de Mlle Lion, leur gouvernante, s'ensuivent en effet des réformes : transformation des récréations en corvées de jardinage, condamnation des armoires dans lesquelles ils se servaient librement jusqu'à présent, confessions quotidiennes et publiques.

Les enfants décident alors de mener une offensive contre leur mère, rebaptisée Folcoche (contraction de « folle » et de « cochonne » ; terme de patois angevin désignant la truie dévorant ses petits sitôt mis au monde). Femme avare, celle-ci refuse de faire la charité aux pauvres et renvoie le précepteur de ses fils. De leur côté, les garçons inventent la « pistolétade » du diner, consistant à mitrailler leur mère du regard. Un jour, pendant la messe du soir, celle-ci tombe, foudroyée par un mal inconnu.

En dépit de sa mauvaise santé, Folcoche préside la réception familiale annuelle, à laquelle les garçons doivent paraitre en arborant à tour de rôle le seul costume qu'ils possèdent. Au plus mal, elle doit toutefois se résoudre à entrer en clinique. Leur ennemie absente, les trois frères tentent de rentrer à nouveau dans les bonnes grâces de leur père et fondent le « Cartel des gosses », véritable mouvement rebelle : en signe d'alliance, ils rédigent une charte de droits inspirée de la Déclaration universelle des droits de l'homme (adoptée par l'Assemblée générale des Nations unies en 1948). Mais Folcoche rentre bientôt au domaine, guérie.

Un séjour hors des terres est alors proposé à la famille. Folcoche décline l'invitation, prétextant une santé encore fragile. Elle garde Cropette, son cadet, avec elle, bien décidée à le manipuler. Les ainés et leur père entament quant à eux le voyage et logent chez divers compagnons. Mais, bien vite, une lettre du petit Marcel leur parvient et semble de très mauvais augure pour leur prochain retour au manoir : Cropette les a trahis ; en échange d'une bicyclette neuve, il a révélé à leur mère l'endroit où ses frères ont amassé les victuailles dérobées au compte-goutte.

LA FUGUE

Les voyageurs rentrent chez eux, retrouvent Paule et font la connaissance du nouveau pédagogue : l'abbé Traquet. Rapidement, Brasse-Bouillon s'emploie à les monter l'un contre l'autre et, s'il n'obtient pas le renvoi de son précepteur, parvient à installer entre eux un véritable climat de défiance.

Au cours d'une promenade en barque, toujours en résistance contre l'autorité maternelle, il réussit à faire tomber Folcoche à l'eau. À la suite de ce mauvais tour, elle décide de faire payer son méfait au responsable de sa chute. Retranché dans ses appartements pour fuir sa colère, Jean décide alors de faire une fugue et ne laisse qu'une note écrite à l'encre : « V. F. », sigle inventé par les enfants pour signifier « Vengeance à Folcoche ».

Dans le train en direction de Paris, où il se rend pour rencontrer ses grands-parents maternels, il semble plus mature. Penché sur un journal populaire, en fumant, il rêve aux filles. Sa première rencontre, protocolaire et froide, avec son ascendance, lui laisse toutefois une profonde déception. Dès le lendemain, Jacques Rezeau vient récupérer son fils dans la capitale. Dans le wagon qui les ramène chez eux, ils débattent du socialisme et du travail avec d'autres navetteurs.

Une fois chez lui, le garçon se remet en question et constate qu'il préfère les idéaux de la classe ouvrière à ceux de la bourgeoisie. Cela se confirme quelque temps plus tard, lorsque la famille Rezeau, souhaitant donner un banquet en l'honneur des 25 années de service de l'oncle René à l'Académie française, se met en frais pour que la maison soit propre et belle. Cette effervescence est une occasion de plus pour Jean, qui se considère à présent comme le rebelle de la famille, de critiquer les fastes bourgeois.

L'été de ses 15 ans, plus que jamais fasciné par les femmes, Jean entreprend de faire la conquête de Madeleine, une paysanne. Mais à trop penser à l'amour, il en oublie de se méfier de sa mère.

Un jour, il la surprend en train de fouiller sa chambre et comprend qu'elle y a caché son portefeuille pour le faire accuser de vol – et ainsi se débarrasser de lui. Bien décidé à contrecarrer ce projet, il affronte Folcoche et lui annonce qu'il n'est pas dupe.

Tous deux concluent finalement un accord : lui ne révèlera rien du plan de sa mère pour le faire évincer, et elle acceptera qu'il puisse quitter le toit familial pour le collège.

ÉTUDE DES PERSONNAGES

JEAN

Il est le narrateur du roman. Son récit s'ouvre sur l'épisode de la vipère, symbolisant sa jeunesse, alors qu'il est encore « Brasse-Bouillon », un enfant élevé par sa grand-mère, Marie, main de fer dans un gant de velours.

Mais lorsque celle-ci meurt, sa mère rentre de Chine et se révèle pour lui tout le contraire de la vieille dame. Violente et sournoise, elle le traque, le bat et n'a de cesse de l'humilier. Une guerre froide débute alors entre mère et fils, lequel rend coup pour coup.

Jean se découvre une force de caractère qu'il ne pensait pas avoir. Mais par manque d'amour, il devient fourbe, méchant, curieux, manipulateur, et sa bonne nature d'antan semble se gâter à mesure qu'il est privé de ses libertés. Il se sent supérieur à ses frères qui, quant à eux, n'aspirent pas à une réelle rébellion.

Physiquement, Jean n'est pas spécialement attirant, puisqu'il affirme être le portrait craché d'une mère qu'il trouve laide. Il a le menton en galoche, est brun, joufflu, a les oreilles proéminentes et décollées, les cheveux secs et un sourcil plus haut que l'autre.

Hostile à la bourgeoisie et à ses coutumes idiotes et glaciales, il avoue vouloir le changement et admirer l'idéal socialiste : « Ma haine [...] ne leur pardonnera pas d'être un des leurs et de l'être à jamais. » (BAZIN H., *Vipère au poing*, Paris, Livre de Poche, 2016, p. 204)

Son récit se referme sur un monologue destiné à sa mère, qu'il remercie contre toute attente : « J'entre à peine dans la vie et, grâce à toi, je ne crois plus à rien, ni à personne. [...] Merci ma mère ! Je suis celui qui marche, une vipère au poing. » (*ibid.*, p. 235-237) Jean est certes devenu irrémédiablement cynique et blasé, mais arbore une force et une confiance en lui assez surprenante pour l'adolescent qu'il est alors.

Comme il s'agit d'un texte largement autobiographique, ce personnage a de nombreux traits communs avec l'auteur lui-même :

- comme Jean, Hervé Bazin est natif du Maine-et-Loire et a connu l'éducation stricte et religieuse si chère aux anciennes familles bourgeoises de l'Ouest ;
- son nom de naissance, Jean-Pierre Hervé-Bazin, nous renvoie au prénom qu'il a choisi pour son jeune protagoniste ;
- après le décès de sa grand-mère et l'arrivée de ses parents sous le toit familial, Bazin mène une croisade contre les brimades de sa mère et s'enfuit régulièrement de la maison. C'est justement au cours d'une de ses fugues pour Paris – où il partait retrouver ses grands-parents – que son véhicule a percuté un arbre. Il est ressorti de cet accident amnésique et a été admis en maison de santé. Il s'est alors détaché de sa famille au terme de son hospitalisation et a vécu de petits boulots. Encouragé par son ami Paul Valéry (écrivain français, 1871-1945), il s'est lancé dans l'écriture.

PAULE

Mme Rezeau, née Pluvignec et surnommée Folcoche, est l'antihéroïne du roman. Ayant fait un mariage d'intérêt avec un homme plus vieux qu'elle de dix ans et ayant enfanté par obligation, elle fait preuve d'une grande sècheresse envers son clan. Comme son fils Jean, elle a le cheveu sec, terne et rare, l'œil perfide, l'oreille en feuille de chou, un menton prognathe, de grands pieds et de grandes mains. Bien éduquée, elle est très à cheval sur la discipline et sur le maintien de sa personne. Femme cruelle, elle n'hésite pas à brutaliser ses enfants, autant physiquement que mentalement, et à s'abstenir de les nourrir ou de les habiller convenablement.

De prime abord, cette cruauté dont elle semble se délecter – tant elle fait preuve d'ingéniosité dans ce domaine – peut paraitre incompréhensible. Mais sous son apparente monstruosité, s'esquisse également le portrait d'une femme qui, dans son enfance, a été négligée par ses parents aristocrates, qui a dû épouser un homme lâche et en dessous de sa classe et qui, à la mort de sa belle-mère, a abandonné sa vie en Chine pour suivre son mari dans son fief... Il est donc possible de la voir comme un personnage frustré, qui a bien du mal à s'épanouir.

Sa forte personnalité et sa rancune ne parviendront pas à venir à bout de Brasse-Bouillon, son éternelle cible dans la maison. Cependant, de son propre aveu, elle trouve qu'il est celui de ses fils qui lui ressemble le plus et admire son courage. Elle avoue d'ailleurs à demi-mot avoir été un jour aussi pleine de fougue et de revendications que lui.

Le personnage est inspiré de Mme Guilloteaux, la mère d'Hervé Bazin, dont « Paule » est d'ailleurs le quatrième prénom. Le surnom de Folcoche, « truie qui mange ses petits », lui avait été donné par son fils Ferdinand. Mme Guilloteaux nait en 1890, dans une famille de nouveaux riches. Fille d'un sénateur et petite-fille d'un banquier, elle reçoit peu d'affection des siens. Envoyée très jeune au collège par ses parents, qui cherchent à se débarrasser d'elle, elle contracte une haine profonde pour tout ce qui touche à l'enfance.

À peine sortie de l'école, elle développe une typhoïde méningée et est accablée de médicaments. Bazin dira d'ailleurs dans une interview à Radio-Canada que le traitement de sa mère l'a « lobotomisée » (*Le Sel de la semaine : Hervé Bazin, écrivain réaliste et critique*, janvier 1968, sur *Radio-Canada. ca*). Mme Guilloteaux fait, suite à cette maladie, de nombreux voyages en maison de santé (ce qui n'est pas sans rappeler cet épisode du livre où Paule Rezeau entre en clinique). Son passetemps favori est alors sa collection de timbres, qu'elle actualise très souvent. C'est chez son fils Hervé, qu'elle ne pouvait pourtant souffrir autrefois, que Mme Guilloteaux passe ses derniers instants.

JACQUES

Marié à Paule, il est le patriarche du clan Rezeau et le légataire de La Belle Angerie. Ancien professeur d'université et passionné d'insectes, il vit sur ses rentes pour ne pas connaitre la salissure du travail, indigne des gens de son rang.

Il incarne un père effacé et soumis à sa tyrannique épouse.

Et s'il se dresse épisodiquement contre sa femme, il cède toujours bien vite à sa volonté. Ses enfants, bien qu'ils l'aiment, le trouvent lâche et hésitent à le respecter. Jean le décrit comme faible, mou, rêveur, malheureux en ménage et nul en affaires.

Physiquement, on le dit plus petit que madame, vouté. Il porte de longues moustaches et a une calvitie naissante.

Son modèle dans la réalité, M. Jacques-Ferdinand Hervé-Bazin, est entomologiste, avocat, professeur de droit à l'université et écrivain. Son caractère est assez similaire à celui de son alter ego fictif.

FERDINAND

Surnommé « Chiffe » (sous-entendu « chiffe molle ») ou encore « Frédie », il est l'ainé des trois garçons. Timide et éternel suiveur, il admire la franchise de son frère Jean, mais n'ose pas pour autant l'imiter. Sa nature calme et non belliqueuse en fait presque un personnage secondaire du livre. Frédie n'est pas ambitieux et ne manifeste pas l'intention de faire quelque chose de sa vie. La seule information que nous ayons au sujet de son physique est qu'il a le nez tordu.

Frère ainé d'Hervé Bazin, Ferdinand-Jacques est probablement appelé de la sorte en hommage à son père (Jacques-Ferdinand). Il fait une carrière de chef comptable et décède en 1982. Du vrai Ferdinand-Jacques, Chiffe possède le caractère timoré.

MARCEL

Il est le benjamin de la fratrie et celui qu'on affuble du sobriquet « Cropette ». Il ne fait la connaissance de ses frères que très tardivement, puisqu'il est né et a vécu quelques années en Chine avec ses parents.

Dès son retour en France, il cherche à créer avec ses ainés une connivence et une solidarité. Néanmoins, craignant de perdre la confiance et l'indulgence de sa mère, bien meilleure avec lui qu'avec les autres, il préfère jouer à l'agent double. Il semble surdoué, puisque la marâtre souhaite qu'il passe dans la classe supérieure. Jean le qualifie de garçon froid et hypocrite.

D'apparence flasque, Marcel porte un épi au milieu du front. Il a des yeux globuleux de myope et de grosses lunettes.

Dans la famille Hervé-Bazin, le cadet se nomme Pierre et non Marcel. On sait de lui qu'il est ingénieur et polytechnicien. Les raisons pour lesquelles Hervé Bazin n'emploie pas, contrairement aux autres personnages, le vrai prénom de son frère pour le qualifier dans le livre nous sont inconnues.

CLÉS DE LECTURE

UN RÉCIT INITIATIQUE

Schéma narratif

Dans *Vipère au poing*, l'apprentissage de Brasse-Bouillon se fait au fil d'un parcours semé d'embuches formatrices, ce dont permet de se rendre compte l'examen du schéma narratif.

Situation initiale : c'est le début de l'histoire, le moment où on plante le décor et où on présente les personnages ; la situation est équilibrée, c'est-à-dire qu'elle n'a aucune raison d'évoluer.

- Chapitre I à III : Frédie et Brasse-Bouillon ont une enfance heureuse dans le domaine familial de La Belle Angerie ; ils sont éduqués par leur grand-mère paternelle, sévère, mais juste.

Élément perturbateur : c'est un évènement qui vient perturber la situation initiale et qui va déclencher l'histoire proprement dite.

- Chapitre IV. Leur grand-mère vient à mourir, obligeant les parents des enfants à revenir de Chine, où ils s'étaient installés. Venus les accueillir sur le quai de la gare, les enfants sont stoppés nets dans leur élan d'affection par une mère dont ils ne savent rien, mais dont ils espèrent beaucoup : Paule les gifle violemment, sans raison apparente.

Péripéties : ce sont les évènements provoqués par l'élément perturbateur et qui entrainent la ou les actions entreprises par le héros pour résoudre le problème.

- Chapitre V à XXIII. Une guerre s'instaure entre le camp de Brasse-Bouillon et ses alliés (son frère ainé, parfois son frère cadet, son père et certains de leurs précepteurs) et celui de sa mère, Folcoche, parfois soutenue par certains précepteurs et par un époux trop lâche pour l'affronter. Si, dans un premier temps, le jeune Brasse-Bouillon subit la maltraitance de sa génitrice (violence physique, psychologique et négligences lourdes), il commence à lui rendre chaque coup en s'appuyant sur sa ruse et son ingéniosité, jusqu'à tenter de la noyer. Son innocence n'est plus.

Dénouement : il met un terme aux péripéties et conduit à la situation finale.

- Chapitre XXIV. Après la vaine tentative de Folcoche d'accuser Brasse-Bouillon du vol de son portefeuille (bien rempli), celui-ci décide de jouer cartes sur table et de se confronter à sa mère. Il lui annonce qu'il veut la quitter, ce qu'elle accepte. Par cet accord de cessez-le-feu, la situation progresse.

Situation finale : c'est la fin de l'histoire. La situation est à nouveau stable, comme la situation initiale, mais elle a subi des transformations.

- Chapitre XXV. Brasse-Bouillon s'éloigne de sa génitrice, mais son influence psychologique sur lui est importante.

Devenu adulte, il dresse le bilan de ce que cette enfance si particulière lui a permis de devenir : un homme armé d'une résistance à toute épreuve.

Un rude apprentissage de la vie

Un récit initiatique est le récit des péripéties par lesquelles passe un personnage pour atteindre le but qu'il s'est fixé – généralement, il aboutit à une meilleure compréhension du monde ou de soi-même. Ce type de texte alterne le plus souvent les rencontres heureuses et malheureuses. Les premières aident le héros dans sa quête et les secondes l'en éloignent.

Ce genre, dit « d'apprentissage » ou « de formation », est généralement ponctué de réflexions philosophiques sur le sens de la vie. Il a notamment été illustré par Voltaire (philosophe et écrivain français, 1694-1778) dans *Zadig ou la Destinée* (1747) et *Candide ou l'Optimisme* (1759) ; Honoré de Balzac (écrivain français, 1799-1850) s'y essaya également dans *Le Père Goriot* (1835), à travers la figure de Rastignac.

Vipère au poing de Bazin illustre quant à lui une relation complexe entre un fils délaissé et une mère acariâtre, à laquelle la science du comportement a maintenant trouvé un nom : le « parent toxique », défini comme un être froid, manipulateur et calculateur, qui aime avoir une certaine suprématie sur les siens et régit son clan avec fermeté, voire avec violence (FORWARD S., *Parents toxiques. Comment échapper à leur emprise*, Paris, Marabout, 2013).

Ici, l'apprentissage que fait Jean est donc d'abord celui

de la haine, puisqu'il est contraint de devenir agressif et mesquin à l'encontre de sa mère pour défendre ses libertés personnelles et son indépendance. Pourtant, loin d'elle, il se sent incomplet et trouve sa vie moins trépidante et moins intéressante. Une façon de souligner sans doute que si l'on peut souffrir de dépendance à l'égard d'une personne que l'on chérit, il en va de même à l'encontre de quelqu'un que l'on méprise.

En fait, par son éducation stricte, Folcoche fait grandir Jean et le force à s'armer contre les désagréments de la vie. C'est d'ailleurs le bilan qui est dressé à l'issue du roman :

> « Cette vipère, ma vipère, dûment étranglée, mais partout renaissante, je la brandis encore et je la brandirai toujours, quel que soit le nom qu'il te plaise de lui donner : haine, politique du pire, désespoir ou goût du malheur ! Cette vipère, ta vipère, je la brandis, je la secoue, je m'avance dans la vie avec ce trophée, effarouchant mon public, faisant le vide autour de moi. Merci, ma mère ! Je suis celui qui marche, une vipère au poing. » (BAZIN H., *Vipère au poing*, Paris, Livre de Poche, 2016, p. 237)

UN ROMAN AUTOBIOGRAPHIQUE

Une autobiographie consiste à mettre par écrit son histoire personnelle en usant du « je » narratif : c'est un récit où l'auteur, le narrateur et le personnage principal coïncident. Le rédacteur d'une autobiographie aspire le plus souvent à faire le point sur sa vie, avec un recul qu'il a acquis par une longue expérience. Pour Philippe Lejeune, l'autobiographie se définit dès lors comme le « récit rétrospectif en prose qu'une personne réelle fait de sa propre existence, lorsqu'elle met l'accent sur sa vie individuelle, en particulier sur l'histoire de sa personnalité » (LEJEUNE P., *Le Pacte autobiographique*, Paris, Seuil, 1975, p. 14-15).

Néanmoins, cet intervalle de temps entre le moment des faits et leur mise par écrit par l'auteur implique parfois des altérations du souvenir. Aussi, bien qu'elle soit un exutoire pour bon nombre d'artistes et qu'elle appelle la véracité et la sincérité des propos relatés, l'écriture autobiographique combine parfois le récit réel de la vie de l'auteur et un récit fictif : on parle alors de roman autobiographique plutôt que d'autobiographie au sens strict.

Hervé Bazin a d'ailleurs confié qu'il était très difficile pour lui de faire la part des choses entre ce qui est autobiographique dans son œuvre et ce qui ne l'est pas. Si tout ce qui s'y passe est parfaitement vraisemblable, le roman ne livre pas l'exacte représentation des faits, mais en propose une narration romancée. Par exemple, les personnages de *Vipère au poing* sont inspirés d'êtres réels – pour leur prénom, leur caractère, leur description physique, etc. –, remodelés par la machine romanesque.

En outre, si l'écrivain a confirmé la véracité de certaines scènes-clés du roman (le débarquement de Folcoche sur le quai de la gare, la scène de la fourchette qu'elle plante dans la main de son fils, les « V. F. » gravés sur les hauts arbres de la propriété familiale, etc.), il a aussi reconnu avoir exagéré les traits de caractère de sa mère dans le récit. Ainsi, si Folcoche fait preuve de méchanceté gratuite à l'égard de sa progéniture dans le roman, la cruauté de Paule

Guilloteaux trouvait sa source dans son enfance et dans sa santé déficiente.

L'INSPIRATION RÉALISTE DU ROMAN

L'œuvre de Bazin est sortie en 1948, soit près d'un siècle après l'avènement du mouvement réaliste dont quelques chefs de file sont par exemple Stendhal (écrivain français, 1783-1842), Honoré de Balzac ou encore Gustave Flaubert (romancier français, 1821-1880).

Pour rappel, le réalisme est un mouvement littéraire et pictural qui s'est opposé au romantisme, à son lyrisme exalté, en valorisant à contrario la recherche de la réalité humaine, représentée jusque dans ses travers. Ainsi, le réalisme a trouvé son inspiration dans la vie quotidienne (qu'elle soit urbaine ou provinciale) auprès de groupes qui, jusque-là, n'étaient pas représentés dans la littérature (petits et moyens bourgeois, ouvriers, paysans, prostituées, etc.). L'idée étant de représenter fidèlement leurs vies, leurs comportements, sans cette recherche esthétique que poursuivait par-dessus tout le romantisme.

Dans *Vipère au poing*, il est possible de déceler une certaine inspiration réaliste qui, très vite, va conférer à l'œuvre sa portée critique.

Description réaliste du cadre

Il y a d'abord cette description du cadre spatiotemporel dans lesquel évoluent les personnages. La précision de ce cadre idyllique permet au lecteur de le visualiser d'emblée :

> « Des près bas, rongés de carex, des chemins creux qui exigent le charriot à roues géantes, d'innombrables haies vives qui font de la campagne un épineux damier, des pommiers à cidre encombrés de gui, quelques landes à genêts et, surtout, mille et une mares, asiles de légendes mouillées, de couleuvres d'eau et d'incessantes grenouilles. » (BAZIN H., *Vipère au poing*, Paris, Livre de Poche, 2016, p. 15)

Dans une autre mesure, l'écrivain redonne encore vie à cet environnement en y faisant résonner le patois local qui occupe également une place importante dans cette œuvre jalonnée de termes savoureux – par exemple, « le méjéyeux » pour désigner le vétérinaire (*ibid.*, p. 66). Bazin, pédagogue, se fait d'ailleurs un plaisir d'expliquer certaines subtilités de cet argot à son lecteur : « Amitié en patois craonnais, c'est le vocable discret de l'amour. » (*ibid.*, p. 212)

Portrait (critique) des mœurs

Que serait un roman réaliste sans ses peintures sans concession des mœurs de l'époque ? Il faut dire que Bazin excelle dans ce domaine, et aucune classe sociale n'est épargnée par sa plume. Prenons par exemple sa première présentation des paysans locaux :

> « De race chétive, très "Gaulois décérébrés", cagneux, les indigènes conservent la moustache tombante, la coiffe à ruban bleu, le goût des soupes épaisses comme un mortier, une grande soumission envers la cure et le château, une méfiance de corbeau, une ténacité de chiendent, quelque faiblesse pour l'eau-de-vie de prunelle et surtout pour le poiré. » (*ibid.*, p. 15)

Bazin, élevé dans la bonne société bourgeoise, ne peut s'empêcher d'observer un certain mépris envers ceux qu'il traite négligemment d'« indigènes ». Même constat, plus tard, quand il considère la jeune Madeleine : « Madeleine est rougeaude, elle prend de plus en plus la tournure des filles craonnaises, que les potées et le lard froid engraissent trop tôt. » (*ibid.*, p. 210)

Au sommet de l'échelle sociale, la classe aristocratique, majoritairement représentée par la famille maternelle – les Pluvignec – est également égratignée par Hervé Bazin. À leur égard, celui-ci dépasse en effet le simple jugement péjoratif : « Ces mondains sonnaient désespérément le creux. » (*ibid.*, p. 182) Il opte même pour la comparaison animale, hautement dépréciative : « Race de girafes ! qui se montent le cou et qui, pommelées de préjugés, broutent solennellement quatre feuilles desséchées aux plus hautes branches des arbres généalogiques. » (*ibid.*, p. 179)

Mais l'écrivain s'en prend surtout à la classe bourgeoise, celle de son père, mais aussi, finalement, celle de sa mère (pourtant née noble). De fait, cette classe est selon lui partagée entre l'avarice et une volonté d'impressionner par l'organisation des soirées mondaines. Le décalage opéré entre ces mesures d'économie – nocives pour les enfants (qu'on n'est alors plus à même d'habiller, de nourrir ou d'éduquer convenablement) – et la futilité de ces soirées provoque le malaise. Cela d'autant plus que ces réceptions visent à célébrer la puissance d'une famille qui n'a depuis bien longtemps plus rien de familial...

Puis cette dénonciation du matérialisme bourgeois, qui

s'appuie sur une observation personnelle, se généralise jusqu'à s'appliquer à une ville entière, Angers : « Une ville où l'on pense bien. Rectifions : une ville où l'on pense "biens" ». (*ibid.*, p. 119)

Par ailleurs, Bazin insiste sur le fait que l'éducation bourgeoise reçue, si elle amène à une certaine culture, ne forme en aucun cas à l'exercice de l'esprit critique. L'exemple le plus flagrant étant celui de la figure paternelle, qu'il décrit en ces termes défavorables :

> « Plus d'esprit que d'intelligence. Plus de finesse que de profondeur. Grandes lectures et courtes réflexions. Beaucoup de connaissances, peu d'idées. Le sectarisme des jugements pauvres lui tenait quelquefois lieu de volonté. Bref, le type des hommes qui ne sont jamais eux-mêmes, mais ce qu'on leur suggère d'être, qui changent à vue de personnage dès que le décor tourne et qui, le sachant, s'accrochent désespérément à ce décor. » (*ibid.*, p. 32)

Le refus de Bazin d'appartenir à cette classe sociale est assez explicite, autant sur la forme que dans le fond. En effet, ce refus d'épouser les codes bourgeois passe également par un usage du langage familier, bien loin du langage préconisé pour un enfant ayant reçu une « bonne » éducation : « Petit salaud qui l'appelait maman ! » (*ibid.*, p. 62) Et quant au fond de sa pensée, Bazin l'exprime dans les dernières pages du roman, à travers une accumulation basée sur un système d'opposition :

> « Le monde s'agite, il ne lit plus guère *La Croix*, il se fout des index et imprimatur, il réclame la justice et non la pitié, son dû et non vos aumônes ; il peuple les trains de banlieue qui

dépeuplent ces campagnes asservies, il ne connait plus l'orthographe des noms historiques, il pense mal parce qu'il ne pense plus vôtre, et pourtant il pense, il vit, infiniment plus vaste que ce coin de terre isolé par ses haies, il vit, et nous n'en savons rien, nous qui n'avons même pas la T.S.F. pour l'écouter parler, il vit, et nous allons mourir. » (*ibid.*, p. 204)

À travers cette accumulation mettant en lumière sa haine envers sa lignée bourgeoise, l'inspiration réaliste de Bazin évolue pour devenir presque réflexion sociologique mâtinée d'amertume et de raillerie.

UN RÉCIT D'UNE MORDANTE IRONIE

Au niveau du style employé par Hervé Bazin, le moins que l'on puisse dire, c'est que l'ironie est omniprésente dans l'œuvre. Pour rappel, l'ironie est un procédé rhétorique consistant à railler un concept, une personne (etc.), en disant le contraire de ce que l'on veut faire comprendre. Ici, c'est le personnage principal, Jean ou Brasse-Bouillon (l'avatar de Bazin) qui l'utilise le plus.

Vis-à-vis de sa mère

En passant notamment par le biais de l'italique, Hervé Bazin insiste lourdement et d'une façon visuelle sur son ironie : « Nous ne fûmes pas autorisés à lui faire nos adieux. Mais le lendemain de son départ, nous étions *autorisés* à gratter les allées du parc. » (*ibid.*, p. 48)

En recourant parfois au blasphème, il fait d'une pierre deux coups, car ainsi il attaque non seulement sa mère, mais également la religion – qui n'est selon lui que poudre aux yeux, fausse respectabilité de la classe bourgeoise : « Deux jours après – mieux que Jésus-Christ – Folcoche était ressuscitée. » (p. 74)

Vis-à-vis de la religion

La figure de la marâtre n'est en effet pas la seule à subir l'ironie désinvolte de Bazin. La religion, incarnée par les précepteurs, est moquée pour son inefficacité. De fait, ces derniers se succèdent vainement auprès des enfants, jusqu'à ne devenir plus pour le héros que des numéros : « Tiens ! C'est vrai je deviens négligeant, j'ai oublié de parler de cet abbé numéro quatre. Quatre, oui. » (p. 71)

En les privant de noms, il les dépossède non seulement de leur fonction sacrée, mais également de leur personnalité. Ce faisant, il agit de la même façon que Folcoche, lorsque celle-ci recourt non pas aux prénoms de ses enfants, mais à leurs sobriquets. Ainsi, d'une certaine façon, les enfants retournent contre leur mère (et ses alliés, les précepteurs) ses propres armes.

Pourquoi cette ironie ?

Se pose alors la question du « pourquoi » ? Pourquoi Hervé Bazin emploie-t-il autant l'ironie ? Quand l'auteur l'utilise, il cherche d'abord à établir une connivence entre lui et son lecteur. En effet, percevant la dérision – le plus souvent aux dépens des autres personnages –, le lecteur se fait soutien et complice du narrateur.

D'ailleurs, cette recherche d'une certaine connivence avec le lecteur est assez manifeste dans l'œuvre, si on se fie aux nombreux moments où l'auteur prend celui-ci à partie : « Ce discours dure une heure. Je vous en fais grâce. » (*ibid.*, p. 202) Ou encore : « Depuis deux ans déjà – deux ans ! savez-vous ce que c'est ? – nous vivions affublés d'hypocrisie et de loques, tout cheveu et toute espérance tondus de près. » (*ibid.*, p. 63)

Une autre raison venant expliquer le recours à l'ironie est le fait que celle-ci permet une certaine distanciation vis-à-vis de ce qui a été vécu. En effet, dans un article, la psychologue clinicienne Annie Dupays-Guieu écrit :

> « Cet humour lui permet d'exprimer et de révéler sa souf-france passée et présente, et cela d'une façon infiniment plus pudique qu'en recourant à la plainte. Le récit au ton caus-tique est une analyse cruelle et cynique des liens familiaux du milieu bourgeois de l'écrivain. On peut dire du narrateur Bazin-Brasse-Bouillon qu'il sourit au milieu des larmes. » (« *Vipère au poing. L'écriture d'une violence intrafamiliale* », in *Dialogue*, n° 187, 2010)

Il y a donc pour Bazin un intérêt cathartique – qui purifie, produit une action libératrice – à utiliser l'humour et l'ironie pour raconter une enfance que l'on peut considérer comme traumatisante.

Preuve en est, l'évocation de cette enfance douloureuse amène l'adulte à sortir de ses gonds, à se manifester en brouillant les pistes grâce à une double énonciation, re-groupant à la fois l'enfant Jean et l'auteur écrivain (Bazin). Les deux sont désignés par le pronom personnel « je » et cette dualité se retrouve également dans l'alternance des temps employés. En effet, on retrouve autant des temps du récit (présent de narration, imparfait, passé simple) que des temps qui se rapportent au présent de l'auteur : « Je me souviens, je me souviendrai toute ma vie, Folcoche... » (BAZIN H., *Vipère au poing*, Paris, Livre de Poche, 2016, p. 67)

En définitive, si l'écriture de *Vipère au poing* a constitué une démarche libératrice tendant à délivrer l'auteur des démons d'une enfance traumatisante, l'œuvre d'Hervé Bazin contient aussi en germe une véritable portée critique et, en particulier, un règlement de compte vis-à-vis des mensonges que représentent à ses yeux l'institution familiale et le statut bourgeois.

PISTES DE RÉFLEXION

QUELQUES QUESTIONS POUR APPROFONDIR SA RÉFLEXION...

- Qu'est-ce que Jean apprend au cours du roman ? En quoi peut-on considérer qu'au terme de l'histoire, il a grandi ?
- Bazin affirme avoir des difficultés à discerner, dans son œuvre, ce qui est autobiographique de ce qui ne l'est pas. Comment une telle chose est-elle possible ? Expliquez.
- André Gide (écrivain français, 1869-1951), selon une citation célèbre, affirmait : « Familles, je vous hais ! » (*Les Nourritures terrestres*, 1897) Partagez-vous cette opinion ? Expliquez.
- En sachant qu'elle a elle-même vécu une enfance difficile, peut-on comprendre l'attitude et le comportement de Folcoche vis-à-vis de ses enfants ? Discutez.
- D'après vous, la famille est-elle un carcan liberticide ou une structure qui permet à chacun de se construire ? Discutez.
- Pensez-vous qu'une situation familiale semblable à celle décrite dans *Vipère au poing* pourrait encore exister aujourd'hui ? Pourquoi ?
- Connaissez-vous d'autres œuvres littéraires mettant en scène un enfant ayant grandi sans affection ? Comparez-les avec l'œuvre d'Hervé Bazin.
- Quels sont selon vous les éléments pouvant expliquer la polémique qu'a causée l'œuvre à sa sortie ?
- Comment définiriez-vous le style de Bazin ?
- Dans *Vipère au poing*, Hervé Bazin s'inspire plus ou moins librement de son histoire personnelle pour construire le

roman. Quel est l'intérêt d'un tel travail pour un écrivain ? Qu'est-ce que cela peut apporter de mêler ainsi la réalité à la fiction ? Expliquez.

Votre avis nous intéresse !
Laissez un commentaire sur le site de votre librairie en ligne
et partagez vos coups de cœur sur les réseaux sociaux !

POUR ALLER PLUS LOIN

ÉDITIONS DE RÉFÉRENCE

* BAZIN H., *Vipère au poing*, Paris, Grasset, coll. « Le Livre de Poche », 1966.
* BAZIN H., *Vipère au poing*, Paris, Livre de Poche, 2016.

ÉTUDES DE RÉFÉRENCE

* CORDIER M., *Dans le secret des dix : l'académie Goncourt intime*, Paris, L'Harmattan, coll. « Espaces littéraires », 1997, p. 13-38, édition numérisée.
* DE SINGLY F., « L'enfant n'est pas qu'un enfant… », in *Les grands dossiers de sciences humaines*, n° 8, 2007.
* DUPAYS-GUIEU A., « *Vipère au poing*. L'écriture d'une violence intrafamiliale », in *Dialogue*, n° 187, 2010, p. 127-140, consulté le 28 mai 2017, https://www.cairn.info/revue-dialogue-2010-1-page-127.htm
* FORWARD S., *Parents toxiques. Comment échapper à leur emprise*, Paris, Marabout, 2013.
* LEJEUNE P., *Le Pacte autobiographique*, Paris, Seuil, 1975.
* *Le Sel de la semaine : Hervé Bazin, écrivain réaliste et critique*, sur *Radio-Canada.ca*, janvier 1968, consulté le 19 aout 2010, http://archives.radio-canada.ca/arts_culture/litterature/clips/13747/
* MITTERAND H. (dir.), *Dictionnaire des grandes œuvres de la littérature française*, Paris, Le Robert, coll. « Les usuels », 1992.

ADAPTATIONS

- *Vipère au poing*, téléfilm de Pierre Cardinal, avec Alice Sapritch, Marcel Cuvelier et Dominique de Keuchel, France, 1971.
- *Vipère au poing*, film de Philippe de Broca, avec Catherine Frot, Jacques Villeret et Jules Sitruk, France, 2004.

SUR LEPETITLITTÉRAIRE.FR

- Commentaire du chapitre XVI de *Vipère au poing* d'Hervé Bazin.
- Commentaire du chapitre XX de *Vipère au poing*.
- Questionnaire de lecture sur *Vipère au poing*.

Retrouvez notre offre complète sur lePetitLittéraire.fr

- des fiches de lectures
- des commentaires littéraires
- des questionnaires de lecture
- des résumés

ANOUILH
- Antigone

AUSTEN
- Orgueil et Préjugés

BALZAC
- Eugénie Grandet
- Le Père Goriot
- Illusions perdues

BARJAVEL
- La Nuit des temps

BEAUMARCHAIS
- Le Mariage de Figaro

BECKETT
- En attendant Godot

BRETON
- Nadja

CAMUS
- La Peste
- Les Justes
- L'Étranger

CARRÈRE
- Limonov

CÉLINE
- Voyage au bout de la nuit

CERVANTÈS
- Don Quichotte de la Manche

CHATEAUBRIAND
- Mémoires d'outre-tombe

CHODERLOS DE LACLOS
- Les Liaisons dangereuses

CHRÉTIEN DE TROYES
- Yvain ou le Chevalier au lion

CHRISTIE
- Dix Petits Nègres

CLAUDEL
- La Petite Fille de Monsieur Linh
- Le Rapport de Brodeck

COELHO
- L'Alchimiste

CONAN DOYLE
- Le Chien des Baskerville

DAI SIJIE
- Balzac et la Petite Tailleuse chinoise

DE GAULLE
- Mémoires de guerre III. Le Salut. 1944-1946

DE VIGAN
- No et moi

DICKER
- La Vérité sur l'affaire Harry Quebert

DIDEROT
- Supplément au Voyage de Bougainville

DUMAS
- Les Trois
  Mousquetaires

ÉNARD
- Parlez-leur
  de batailles,
  de rois et
  d'éléphants

FERRARI
- Le Sermon sur la
  chute de Rome

FLAUBERT
- Madame Bovary

FRANK
- Journal
  d'Anne Frank

FRED VARGAS
- Pars vite et
  reviens tard

GARY
- La Vie devant soi

GAUDÉ
- La Mort du
  roi Tsongor
- Le Soleil des
  Scorta

GAUTIER
- La Morte
  amoureuse
- Le Capitaine
  Fracasse

GAVALDA
- 35 kilos d'espoir

GIDE
- Les
  Faux-Monnayeurs

GIONO
- Le Grand
  Troupeau
- Le Hussard
  sur le toit

GIRAUDOUX
- La guerre de
  Troie
  n'aura pas lieu

GOLDING
- Sa Majesté des
  Mouches

GRIMBERT
- Un secret

HEMINGWAY
- Le Vieil Homme
  et la Mer

HESSEL
- Indignez-vous !

HOMÈRE
- L'Odyssée

HUGO
- Le Dernier Jour
  d'un condamné
- Les Misérables
- Notre-Dame
  de Paris

HUXLEY
- Le Meilleur
  des mondes

IONESCO
- Rhinocéros
- La Cantatrice
  chauve

JARY
- Ubu roi

JENNI
- L'Art français
  de la guerre

JOFFO
- Un sac de billes

KAFKA
- La Métamorphose

KEROUAC
- Sur la route

KESSEL
- Le Lion

LARSSON
- Millenium I. Les
  hommes qui
  n'aimaient pas
  les femmes

LE CLÉZIO
- Mondo

LEVI
- Si c'est un
  homme

LEVY
- Et si c'était vrai…

MAALOUF
- Léon l'Africain

MALRAUX
- La Condition humaine

MARIVAUX
- La Double Inconstance
- Le Jeu de l'amour et du hasard

MARTINEZ
- Du domaine des murmures

MAUPASSANT
- Boule de suif
- Le Horla
- Une vie

MAURIAC
- Le Nœud de vipères

MAURIAC
- Le Sagouin

MÉRIMÉE
- Tamango
- Colomba

MERLE
- La mort est mon métier

MOLIÈRE
- Le Misanthrope
- L'Avare
- Le Bourgeois gentilhomme

MONTAIGNE
- Essais

MORPURGO
- Le Roi Arthur

MUSSET
- Lorenzaccio

MUSSO
- Que serais-je sans toi ?

NOTHOMB
- Stupeur et Tremblements

ORWELL
- La Ferme des animaux
- 1984

PAGNOL
- La Gloire de mon père

PANCOL
- Les Yeux jaunes des crocodiles

PASCAL
- Pensées

PENNAC
- Au bonheur des ogres

POE
- La Chute de la maison Usher

PROUST
- Du côté de chez Swann

QUENEAU
- Zazie dans le métro

QUIGNARD
- Tous les matins du monde

RABELAIS
- Gargantua

RACINE
- Andromaque
- Britannicus
- Phèdre

ROUSSEAU
- Confessions

ROSTAND
- Cyrano de Bergerac

ROWLING
- Harry Potter à l'école des sorciers

SAINT-EXUPÉRY
- Le Petit Prince
- Vol de nuit

SARTRE
- Huis clos
- La Nausée
- Les Mouches

SCHLINK
- Le Liseur

SCHMITT
- La Part de l'autre
- Oscar et la Dame rose

SEPULVEDA
- Le Vieux qui lisait des romans d'amour

SHAKESPEARE
- Roméo et Juliette

SIMENON
- Le Chien jaune

STEEMAN
- L'Assassin habite au 21

STEINBECK
- Des souris et des hommes

STENDHAL
- Le Rouge et le Noir

STEVENSON
- L'Île au trésor

SÜSKIND
- Le Parfum

TOLSTOÏ
- Anna Karénine

TOURNIER
- Vendredi ou la Vie sauvage

TOUSSAINT
- Fuir

UHLMAN
- L'Ami retrouvé

VERNE
- Le Tour du monde en 80 jours
- Vingt mille lieues sous les mers
- Voyage au centre de la terre

VIAN
- L'Écume des jours

VOLTAIRE
- Candide

WELLS
- La Guerre des mondes

YOURCENAR
- Mémoires d'Hadrien

ZOLA
- Au bonheur des dames
- L'Assommoir
- Germinal

ZWEIG
- Le Joueur d'échecs

ISBN version numérique : 978-2-8062-9174-5
ISBN version papier : 978-2-8062-7194-5
Dépôt légal : D/2017/12603/425

Avec la collaboration de Célia Ramain pour le « schéma narratif », ainsi que pour les chapitres « L'inspiration réaliste du roman » et « Un récit d'une mordante ironie ».

Conception numérique : Primento, le partenaire numérique des éditeurs.

Ce titre a été réalisé avec le soutien de la Fédération Wallonie-Bruxelles, Service général des Lettres et du Livre.

Made in the USA
Monee, IL
07 July 2026

56545988R00024